D1431205

Cindy roy

Fée Bouquine

Illustrations d'Émilie Ruiz

Catalogage avant publication de Bibliothèque et Archives nationales du Québec et Bibliothèque et Archives Canada

Roy, Cindy, 1975-

Fée Bouquine
(M'as-tu-lu? ; 50)
Pour enfants de 7 ans et plus.

ISBN 978-2-89709-059-3

I. Ruiz, Émilie, 1986-   . II. Titre. III. Collection: M'as-tu-lu? ; 50.

PS8635.O898F43 2015   jC843'.6   C2015-941190-4
PS9635.O898F43 2015

Auteure: **Cindy Roy**
Illustratrice: **Émilie Ruiz**
Graphisme: **Julie Deschênes et Mika**

Dépôt légal – Bibliothèque et Archives nationales du Québec, 3e trimestre 2015

ISBN 978-2-89709-059-3

Gouvernement du Québec – Programme de crédit d'impôt pour l'édition de livres – Gestion SODEC

Boomerang éditeur jeunesse remercie la SODEC pour l'aide accordée à son programme éditorial.

Nous reconnaissons l'aide financière du gouvernement du Canada par l'entremise du Fonds du livre du Canada (FLC) pour nos activités d'édition.

Imprimé au Canada

À ma petite-fée-marraine-adorée.
Pour ton amour des livres et, bien sûr,
les bottes magiques.

Toute cette histoire a commencé quand le **facteur** a sonné. Enfin, ceux qui me connaissent savent que tous les *meilleurs moments* de ma vie ont débuté ainsi. Par le **facteur** qui sonnait à ma porte avec, entre les mains, un joli colis minutieusement enrubanné. **Rien** ne me fait plus plaisir que de recevoir des petits-paquets-bonheur-colorés-imprimés et absolument magnifiques

DRIIIIIIIINGG

le gentil
petit loup

5

par la poste ! Mais quoi ! Je suis reconnaissante quand même envers mon cher **facteur** ! Et je lui dis que je l'apprécie ! Évidemment, toujours en lui offrant un *mini-cupcake saveur du moment...*

Comme le jour où il m'a livré l'histoire du jeune Philéas et de sa Cybelle. Un *splendide* album, illustré avec finesse et douceur, dans lequel on découvre un pays où il faut acheter les mots pour avoir le droit de les prononcer. TELLEMENT émouvant ! *(Cupcake poussière de cerise)* Oh, et la fois où, à quelques minutes du grand lire-au-thon au parc du Mascaret, il est arrivé, tel un sauveur, avec l'histoire de la petite pupuce au cœur de fée. *(Cupcake chanterelles et romarin)*

Ce matin, comme tous les premiers lundis du mois, je guettais la porte. C'est une tradition depuis plusieurs années maintenant. À chaque nouvelle page de calendrier, ma petite-fée-marraine-adorée m'envoie un nouveau livre COUP DE COEUR. Quand la sonnette s'est fait entendre,

j'avais **encore** le nez plongé dans **une-histoire-de-loup-trop-gentil-pour-être-vraie**. Comme j'étais impatiente de connaître la fin, je me suis permis de terminer la page avant d'aller répondre. À peine quelques secondes plus tard, j'attrapais un mignon *cupcake* sur le comptoir et j'ouvrais

la porte. Eh bien, il n'y avait **personne**.
Pas de facteur, **pas d'**amis,
personne ni à gauche ni à droite.
Alors que j'allais refermer la porte et croquer à belles dents dans le petit délice
praline et marmelade que je m'apprê-
tais à offrir, mes yeux se sont arrêtés
sur un énorme paquet rouge au sol.

Un paquet **beaucoup trop gros** pour contenir l'album du mois. Je l'ai inspecté sous tous ses angles. Pas de nom, pas d'adresse, pas de timbre. **Très mystérieux**, non? C'est ce que je me disais. Mais bon, le paquet avait été déposé à ma porte, il était donc **pour moi**. Je n'avais plus qu'à l'ouvrir pour découvrir ce qu'il contenait. Ce que j'ai fait. Sais-tu ce qu'il y avait à l'intérieur?? ? ? ? ? ? ?

Regarde. **DES BOTTES !**
Des bottes toutes rouges. Brillantes et tout simplement sublimes ! Bien sûr que je les ai enfilées. Et comme tu vois, elles sont parFÉEtes pour moi ! Décidément, la personne qui me les avait envoyées me connaissait bien. C'est ce que je me suis dit au moment où, en relevant la tête, après avoir longuement admiré ces deux superbes bottes dignes d'une certaine i-Fée,

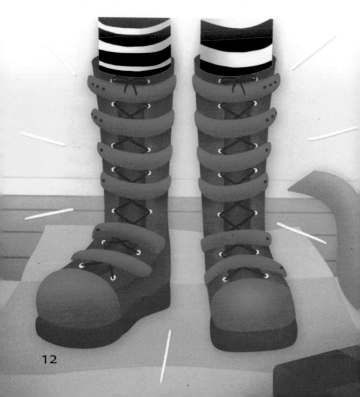

j'ai aperçu l'horloge : 9 h 55 ! J'allais être en retard ! Oui. **En retard !** Il faut que tu saches que je suis une fée ponctuelle et routinière. À 10 h tous les lundis matin, je vais à la bibliothèque publique pour rapporter mes livres et en emprunter de nouveaux. Me questionner sur la provenance de ces *magnifiques* bottes pouvait bien attendre ! À la bibliothèque **je devais** me rendre !

En moins de deux minutes, mes **dix livres** sous le bras, je me suis retrouvée sur le trottoir. La bibliothèque se situe à trois coins de rue de chez moi. Pour m'y rendre, *je prends souvent le sentier qui traverse le parc.* Premièrement, c'est un raccourci. Et deuxièmement, ça me permet de saluer

le grand chêne en passant. **MON grand chêne.**

Eh bien, justement. Ce matin, en m'en approchant, j'ai remarqué un **petit bout de tissu rouge** tout près du **tronc**. Intriguée, j'ai ralenti et contourné l'arbre sur la pointe des pieds. C'est là que j'ai aperçu le petit chaperon rouge. Oui, oui. **Le vrai!** En chair et en os! Une fillette plus *mignonne* encore que dans l'histoire!

Elle m'a regardée comme si on était amies depuis TOUJOURS. Les yeux pétillants, elle m'a demandé si je connaissais un loup gentil, courtois et charitable. Drôle de question ! Surtout venant d'un personnage fictif. Étrangement, j'en connaissais un. Enfin, j'en avais rencontré un. Dans le livre que je venais de terminer. Sans trop savoir si c'était ce qu'elle recherchait, j'ai fouillé dans ma pile de livres pour m'emparer de **l'histoire du loup-trop-gentil-pour-être-vraie** et je le lui ai donné. Délicatement, elle m'a pris le livre des mains en m'offrant le plus craquant des sourires, l'a ouvert et puis **pouf!** Elle a disparu... et le livre aussi! **Oui!** Comme ça, sous mes yeux!

Encore **sous le choc**, et surtout me demandant ce que j'allais dire à la bibliothécaire au sujet du livre manquant, j'ai poursuivi ma route. J'approchais de l'abribus, tout près de la fontaine publique, quand j'ai entendu des bruits de **pleurs**. J'ai d'abord vu ses bottes noires. Et ensuite, le bout de sa **queue**. Pas de doute.

C'était **lui**. Le chat botté, tout triste,
dans l'abribus. Quand il m'a aperçue,
son regard s'est éclairé ! **« Te voilà ! »**
m'a-t-il dit. Tiens ! Un **autre** qui se
prenait pour un ami de longue date !
« Un livre ! Un livre d'un chat botté
adorable, **honnête** et **généreux**,
dis, ça **s'peut ?** » m'a-t-il demandé,
le regard tout à coup *suppliant* !

Tout **jaune**. Et pas n'importe lequel non plus. **Tweety !** « ze crois avoir vu un **ros** minet. oui! z'ai vu un **ros** minet. » C'est exactement ce qu'il a dit en se posant sur mon épaule. Je me suis retournée pour mieux le voir et suis arrivée nez à nez... euh, eh bien, nez à bec avec lui. Ses petites ailes se sont mises à frétiller

et il m'a dit en sautillant : « ze te connais ! c'est toi ! c'est toi ! dis, tu sais où ze peux trouver une histoire d'un oiseau brave ? z'ai vraiment vu un rOS minet ! » Les canaris de la cage ronde, c'était le livre parfait pour Tweety. Mais là, j'hésitais. Je savais maintenant ce qui allait arriver si je le lui donnais ! Ah, et puis tant pis ! C'est ce que je me

Les canaris
de la
cage ronde

POUF

suis dit. J'avais déjà **deux** livres en moins. Et la bibliothèque était juste là, devant. J'allais devoir des explications à la bibliothécaire de toute façon. J'ai donc pris le livre d'oiseau chevalier que je tenais sous le bras et l'ai offert à **Tweety**. D'un coup de bec, il a ouvert le livre et oui, **pouf!** Comme les deux autres. Plus de livre. Plus d'oiseau. Oh là là! Maintenant je devais entrer dans la bibliothèque.

Il y a quelque chose de *magique* quand on entre dans une bibliothèque. L'odeur des livres vous enveloppe. Le murmure des histoires vous appelle. Pendant une poignée de secondes, j'ai oublié le *léger* malaise qui s'était logé dans mon ventre. Mais lorsque j'ai aperçu mon amie la *bibliothécaire* qui souriait au comptoir, le malaise est revenu. J'allais devoir lui expliquer que **trois** de ses livres avaient disparu.

Que des personnages imaginaires s'en étaient emparés. Aussi bien lui dire que mon chien (même si je n'en ai pas) les avait mangés. (Quoi? C'est presque aussi crédible, non?) Je me suis approchée et j'ai déposé les livres sur le comptoir. Elle m'a saluée chaleureusement. À cet instant précis, je me suis dit que les livres manquants

allaient peut-être réapparaître comme par magie ! Après les événements de ce matin, tout était possible. J'aurais voulu étirer le temps. Cinq, six, sept… Elle les avait comptés. Mon temps s'était écoulé. Je devais tout lui avouer. Alors j'ai commencé. Le **grand chêne** et le petit chaperon rouge. L'abribus et le **chat botté**. **Tweety** sur mon épaule.

Les trois livres. Étrangement, plus je progressais dans mon histoire, plus elle souriait. Quand j'ai eu terminé de la lui raconter, elle s'est approchée doucement, a posé une main sur mon épaule et m'a chuchoté : « Je crois savoir ce que tu as. Mais pour en être certaine, j'aimerais vérifier auprès d'un spécialiste. » Et elle a décroché

le téléphone. Je me suis dit : « Ça y est, je suis malade. J'ai des hallucinations terribles. J'aime TELLEMENT les livres que je vois apparaître des personnages. Elle veut sûrement l'avis d'un médecin. C'est ça, elle va appeler le médecin ! » Et voilà qu'elle a dit : « Ahh, monsieur le libraire… » en m'adressant un clin d'œil et en

se détournant pour que je n'entende pas la conversation. L'appel n'a duré qu'un instant, puis elle est revenue vers moi pour me dire que le spécialiste, monsieur le libraire, lui avait confirmé le diagnostic qu'elle-même soupçonnait. Oui, mais **quel diagnostic ?** J'allais mourir ? Comme si elle lisait dans mes

pensées, elle m'a tapoté la main en me disant : « Ça va aller, ma chouette. Va te choisir d'autres livres. Ne t'inquiète surtout pas pour ceux qui ont disparu. Ils vont revenir. Très bientôt, tu vas tout comprendre. » Et elle m'a gentiment dirigée vers le rayon des albums.

J'ai emprunté d'autres livres, mais je dois t'avouer que je les ai choisis un peu *rapidement*. Quand je suis sortie de la bibliothèque, je me suis assise sur le banc installé devant. Pendant un loooooooooong moment, je n'ai pas bougé. Retraverser le parc me donnait la trouille. Et si je croisais

d'autres personnages ? Ils me pique-
raient d'autres livres ! La bibliothécaire
avait dit que ce n'était pas grave,
mais j'étais très inquiète de ce
qui m'arrivait.

Puis j'ai repris **courage**. Je devais lui faire confiance. Elle m'avait dit que, bientôt, j'allais tout comprendre. Allez ! **Hop !** Direction la maison !

Le retour s'est passé sans embûches, et surtout sans rencontres. Soulagée, je pensais déjà au petit cupcake que j'allais me faire un plaisir de déguster en rentrant chez moi quand je l'ai aperçu. Assis sur les marches. Mon ami le facteur.

— Qu'est-ce que tu fais là ? lui ai-je demandé.

— Je t'ai cherchée **partout** ! m'a-t-il dit en prenant appui sur la rampe pour se relever. Belles BOTTES en passant !

— J'étais à la bibliothèque. Justement, pour les bottes, il faut que je te parle...

— Une autre fois, d'accord ? Toute cette course m'a mis en retard dans ma tournée.

Tiens ! m'a-t-il dit en me tendant une *enveloppe rouge*. C'est pour ça que je t'attendais. Elle était sur le paquet que je t'ai livré ce matin. Désolé ! J'ai sonné et puis... woush ! Elle est partie au vent. Je l'ai retrouvée dans les hautes herbes du marais, tout près de la rivière Chocolat.

Il s'est retourné pour partir.

— Et puis, tu me dois un *cupcake*..., Fée Bouquine ! m'a-t-il lancé par-dessus son épaule.

« Fée Bouquine, me suis-je dit tout bas en regardant la pile de livres que je tenais serrée contre moi. En voilà un bien drôle de nom... »

Les péripéties de cette matinée m'avaient fait oublier le paquet sans nom. Maintenant, je **devais** élucider le mystère. J'ai retourné l'enveloppe. C'était une lettre de ma petite-fée-marraine-adorée. J'aurais dû m'en douter...

Ma-petite-fée-filleule-chérie

Chère-filleule-amoureuse-des-
livres-depuis-toujours,

Des perles rares comme toi, il faut
savoir les reconnaître et les protége

Voici, pour toi ma chérie, des botte
rouges. Enfile-les. Dorénavant, tu
sèmeras le bonheur de lire partout
où ces bottes te guideront. Allez!
Va! Laisse-toi emporter par la
magie des livres...

Bisous,

♥ Ta petite-fée-marraine-adorée

Et c'est ce que j'ai fait...

Glossaire

Chanterelle : sorte de champignon

Charitable : généreux

Courtois : très poli

Diagnostic : fait d'identifier
une maladie grâce à ses symptômes

Élucider : tirer au clair

Embûche : obstacle

Émouvant : touchant

Emparer (s') : prendre

Fictif : faux, qui relève de la fiction

Frétiller : s'agiter par des mouvements
rapides et courts

Hallucination (avoir une) : voir
ou entendre des choses qui
n'existent pas

Péripétie : événement imprévu

Pétrin : ennui

Ponctuel : à l'heure

Praline : pâtisserie à base d'amande

Progresser : avancer, gagner du terrain

Provenance : origine, source

Reconnaissant : qui éprouve
un sentiment de gratitude

Romarin : plante aromatique utilisée
en cuisine

Sublime : admirable, parfait

Trouille : peur

La langue fourchue

Les expressions de la langue française sont parfois cocasses. Trouve celle qui correspond à la définition donnée.

Écris tes réponses sur une feuille blanche et compare-les avec celles du solutionnaire en page 47.

1. « Avoir le nez plongé dans un livre » signifie :

a. sentir les pages d'un livre
b. être très absorbé par sa lecture
c. avoir le nez coincé entre les pages d'un livre

2. « Croquer à belles dents » signifie :

a. manger avec appétit
b. manger avec les dents propres
c. manger tout en souriant

3. « Arriver nez à nez avec quelqu'un » signifie :

a. coller son nez à quelqu'un
b. arriver face à face avec quelqu'un
c. sentir quelqu'un arriver

4. « Disparaître sous les yeux de quelqu'un » signifie :

a. disparaître les yeux fermés
b disparaître en clignant des yeux
c. disparaître juste devant quelqu'un

M'as-tu bien lu ?

Voici un quiz qui te permettra de voir
si tu as bien lu l'histoire *FÉE Bouquine*.

Écris tes réponses sur une feuille blanche et compare-les
avec celles du solutionnaire en page 47.

1. **Quel cupcake Fée Bouquine a-t-elle offert au facteur le jour où il lui a donné l'histoire de la petite pupuce au cœur de fée ?**

a. cupcake tourbillon de caramel
b. cupcake poussière de cerise
c. cupcake chanterelles et romarin

2. **Chaque mois, quel jour de la semaine Fée Bouquine reçoit-elle un livre de sa petite-fée-marraine-adorée ?**

a. le lundi
b. le mercredi
c. le vendredi

3. **Quel personnage fictif Fée Bouquine a-t-elle rencontré en premier ?**

a. le chat botté
b. Tweety
c. le petit chaperon rouge

4. **Tout près de quelle rivière le facteur a-t-il retrouvé l'enveloppe qui s'était envolée ?**

a. la rivière Café
b. la rivière Chocolat
c. la rivière Caramel

Solutionnaire

La langue fourchue

Question 1 : b
Question 2 : a
Question 3 : b
Question 4 : c

M'as-tu bien lu ?

Question 1 : c
Question 2 : a
Question 3 : c
Question 4 : b

Titres de la collection